Sarah Klein

nicht allein

story.one – Life is a story

story.one

1st edition 2023

Production, design and conception:
story.one publishing - www.story.one
A brand of Storylution GmbH

Font set from Minion Pro, Lato and Merriweather.

Mit kollegialer Unterstützung von Carolin Dörmbach und Christian Schega.

ISBN: 978-3-7108-8800-7

Für Jana und Jules.
Danke.

INHALT

Ich habe mich im Forum angemeldet, weil ich endlich Menschen treffen will, die mir zumindest ein bisschen ähnlich sind!

- LaniFlani

eins

LaniFlani: „Hey. Jemand da?“

Bitte, dachte sie, antworte. Egal wer. Sonst drehe ich durch. Sie zwang sich, den Blick vom Bildschirm zu lösen. Aber diese beschissene rosa Tapete dahinter tröstete sie kein bisschen. Und dann flog plötzlich ihre Zimmertür auf.

„And this is my sweet daughter Lani, she is 18 now, complicated age-"

Layana sprang auf. „Mama! Raus hier!“ Sie schob das Smartphone bei Seite, das ihre Mutter auf sie gerichtet hatte.

„So you see, we have our ups and downs…"

Layana bekam das Telefon zu fassen. „Ich habe dir schon tausend Mal gesagt, dass ich nicht auf deinem TikTok zu sehen sein will!“

„Ach, Lani! Es sind nur kurze Sequenzen. Du weißt doch, dass ich jetzt international gehe und Videos auf Englisch aufnehmen muss!“

„Und welchen Preis zahlst du dafür? Du machst dich kaputt. Und mich auch!“ Noch während sie den Satz zu Ende brachte, wusste Layana, dass ihre Mutter sie nicht verstand.

„Aber ich bin ein Star! Und du kannst auch

einer werden!"
„Ich will nicht berühmt sein. Ich will nur ich sein."
„Das kannst du, wenn die Kamera aus ist. Aber die Follower erwarten Inhalt." Sie streckte die Hand aus. Layana gab das Smartphone zurück. Selbst wenn sie es wieder zerschmetterte, würde ihre Mutter eins der neuen iPhones aus der oberen Schublade im Flur nehmen.
„Danke, Schatz. Und jetzt lächele mal. Durch meine Follower kannst du tun, was du willst. Ich musste nach der Realschule gleich arbeiten gehen-"
„Weil du Geld verdienen musstest. Dir wurde nämlich nichts geschenkt", spulte Layana die ihr so vertrauten Sätze ab.
„Hast du dich eigentlich entschieden, was du nach dem Praktikum machen willst? Oder wo? Das mit den Büchern kann man ja bestimmt überall studieren. ″
Das mit den Büchern.
„Nein, bisher nicht…"
„Berlin? Frankfurt? München? Schatz, du brauchst es nur zu sagen und ich sage meinem Makler, dass er dir ein schickes Penthouse sucht." Layanas Kehle wurde eng. „Wir finden auch kurzfristig was. Aber dort muss ich dann ein paar Videos drehen, meine Follower wollen

ja wissen, was aus meinem hübschen Kind wird. Wer hätte das damals gedacht, als ich mit dir schwanger war und ganz allein…“

Layana verdrehte die Augen. „Mama, bitte, ich muss noch… das Praktikum vorbereiten.“ Beinahe hätte sie aus reiner Gewohnheit *lernen* gesagt. Aber das Abi war vorbei und selbst ihre Mutter hätte diesen Vorwand durchschaut.

„Klar, Schatz. Ich geh das Video schneiden.“

Sie nickte und ihre Mutter wuselte aus dem Zimmer. Layana schloss die Tür hinter ihr ab. *Das mit den Büchern.* Sie holte tief Luft, als könnte sie so vermeiden, dass ihr die Tränen in die Augen schossen. Was wusste ihre Mutter schon? Layana musste so schnell wie möglich von hier weg. Nur: Wohin? Bei dem Gedanken an eine der Großstädte wurde ihr kalt. Ihr Laptop piepte.

„Hey Lani. Alles klar?“

„Heeey“, tippte sie. „Geht so. Meine Mutter nervt übelst.“

„Eltern. Hast du dein Gedicht von Sonntag schon hochgeladen?“

„Nee. Ich wollte nochmal drüber lesen.“

„Oki. Aber mach das unbedingt. Ist echt gut.“

Und Layana lächelte.

Ich bin hier online, weil ich nach
Verbindungen zu Menschen
suche, die sich genauso für
Gedichte begeistern wie ich.

- Rob

zwei

„Boah, ist das eklig“, murmelte das Mädchen ihm gegenüber. Wie hieß sie noch gleich? Sabrina? Sophia?
Robin versuchte, sich nicht ablenken zu lassen. Klar, dass die Blondies in ihren Designer-Shirts sich über den Kurs beschwerten, sie hassten ja auch den Schutzkittel, den sie hatten überziehen müssen. Er seufzte und setzte einen geraden Schnitt.
„Das stinkt“, beschwerte sich der Student neben ihm. Auch Robin konnte sich an einem warmen Tag im Mai besseres vorstellen, als im beißenden Geruch des Formaldehyds den Darm einer Leiche aufzuschneiden. Aber das hatten sie ja vorher gewusst.
„Wieso kannst du das so gut?“, fragte Sabrina oder Sophia. „Hast du geübt? Das ist unfair-“
„So, Leute, fertig für heute!“, hörte er die Stimme der studentischen Hilfskraft. Die drei Kommilitonen, die mit ihm am Tisch standen, ließen sofort ihre Skalpelle sinken. Innerhalb von wenigen Minuten war der Sezierraum leer. Robin warf noch einen Blick auf den toten Kör-

per vor ihm. Vergangenes Leben.
„Hey Robin. Alles klar?"
„Peter.“ Der Student aus dem älteren Semester betreute seine Gruppe regelmäßig. Robin nickte. „Ich habe schon schlimmeres gesehen. Die drei Jahre als Notfallsanitäter haben sich gelohnt.“
Peter grinste. „Ich sehe dich zumindest nicht rumheulen wie die anderen. Im zweiten Semester reichen Extremitäten und Muskulatur eben nicht mehr. Organe ist schon eine andere Kategorie. Heulsusen."
„Jo. Bis nächste Woche.“
„Das WG Zimmer bei uns ist übrigens noch zu haben. Falls du dich in deinem Studio langweilen solltest."
Robin lächelte gezwungen. Er mochte Peter, aber lästerte nicht gerne. Und er schätzte die Ruhe seiner eigenen Wohnung. Der Klingelton seines Smartphones durchschnitt die Stille im Seziersaal. Er drückte das Telefon stumm und schloss die Tür hinter sich. Auf dem Flur herrschte zum Glück nur moderate Lautstärke.
„Hallo“, ging er ran. „Was gibt's?“
„Deine Oma hat heute Geburtstag“, hörte er die nervige Stimme seines Vaters. Robin spürte, wie seine Kiefermuskeln hart wurden. Das müsste man jetzt sezieren.

Eine Lektion in Muskelkontraktion.
„Danke, ich weiß. Ich rufe Oma an, sobald ich zu Hause bin."
„Hast du dich endlich entschieden? Davon hängt alles ab." Er hatte es gewusst! Ganz genau gewusst, dass wieder diese Frage kommen würde, schon als er gesehen hatte, wer anrief.
„Wir haben noch zwei Wochen", antwortete Robin mit zusammengebissenen Zähnen.
„Mach bloß nicht Forensik! Du bist doch kein gruseliger Kellerfreak mit schwarz gefärbten Haaren."
„Die Rechtsmedizin ist ein spannendes Aufgabenfeld. Aber dafür werde ich mich nicht entscheiden."
„Sondern?"
„Ich weiß es noch nicht. Vielleicht entscheide ich mich für etwas neues-"
„Was? Ich dachte, wir sind uns einig, dass Cardio oder Neuro die beste Wahl ist!"
„Nein, Vater", entgegnete Robin ruhig. „Das ist nur deine Meinung. Ich muss meinen eigenen Weg gehen."
„Und für irgendeine unnütze Spezialisierung zahle ich jahrelang dein Studium? Solange ich dich finanziere, tust du, was ich -"
Robin sah das knallrote Gesicht seines Vaters vor sich. Dann legte er auf.

Ich jage so gerne mit Worten die Einsamkeit davon. Auf der Suche nach Verbindungen, was im echten Leben leider nicht so einfach ist. Schreibt mich an, wenn ihr das genauso seht! :-)

- Blümchen

drei

„Es ist DAS Auto. Für dich, für mich, für alle.“ Elf Augenpaare starrten sie an und Steffi erinnerte sich daran, dass sie weitersprechen musste. „Wir wollen einen Sinn von Zugehörigkeit transportieren, eine niederschwellige Lösung für alle."
„Wie ein Discounter-Auto oder was?“ Ihre spezielle Freundin, heute in einer lila Bluse, konnte mal wieder nicht die Klappe halten.
Aber Steffi blieb ruhig. „Nur, weil etwas für alle zugänglich ist, ist es noch lange keine Discounter-Ware. Der Eintritt ins Schwimmbad kostet auch nur ein paar Euro. Nehmen wir das Schwimmbad als Discounter wahr? Nein. Sondern als Ort, an den jeder kommen kann. Kinder, Rentner, die Mutter, die in ihren kostbaren freien Stunden schwimmen geht.“ Lila Bluse war verstummt. Steffi sah im Raum umher. Niemand protestierte. „Noch Fragen?“ Schweigen. „Prima. Dann schaut mal, was euch dazu einfällt. Die Kampagne holen wir uns. Bis morgen früh!"
Unter den Blicken ihres Teams verließ Steffi den

Besprechungsraum und ging über die quietschbunten Teppiche zurück in ihr Büro. Mit einem tiefen Seufzer schloss sie die Tür hinter sich und stellte den Rollo auf Sichtschutz.
Ohne ein eigenes Büro, eine Tür, die sie hinter sich schließen konnte, würde sie es hier niemals aushalten. Zu laut, zu voll, zu quirlig. Zum Glück hatte sie den Schritt zum Creative Director gemeistert. Auch wenn einzelne Teammitglieder der Meinung waren, dass das nicht so sein sollte.
Sie griff nach ihrem Handy. Keine neuen Nachrichten. Na klar. Der Typ vom letzten Freitag, der so unbedingt ihre Nummer hatte haben wollen, würde sich nicht mehr melden. Wofür dann die Aktion? Sie verstand diese Kerle nicht. Was brachte ihm eine Handynummer, wenn er sich sowieso nie meldete? Sie seufzte und öffnete Bumble, um wieder einmal die längst verschickten Nachrichten zu studieren. Hier in der Agentur verbot sie der App, auf die mobilen Daten zuzugreifen und wählte sich auch in kein WLAN ein. Weder ihr Team noch die Kollegen sollten wissen, dass sie auf Partnersuche war. Es war nichts Verwerfliches und doch war es Steffi unangenehm, zumal sie ein Freund von Ehrlichkeit war und ihr Profil deshalb sagte, dass sie in ihren jungen Jahren schon eine Schei-

dung hinter sich hatte. Nicht normal mit Anfang 30, wie ihre Mutter sie bei jedem Gespräch erinnerte.
Es klopfte und ohne auf eine Antwort zu warten, wurde die Tür aufgerissen. Steffi schaltete blitzschnell das Handydisplay aus. Ihr Chef stand vor ihr.
„Hey, Steph." Und weigerte sich nach wie vor, ihren Namen bis zum Ende auszusprechen. „Nice Slides heute. Ich mag how you think aber ihr müsst wirklich schauen, dass das nicht abrutscht auf everyone can get it." Steffi sah ihn an. Hatte gelernt, ihn ausreden zu lassen. „Also, schau dass du die Value Prep im Blick behältst. Wenn dir das gelingt, haben wir einen Happy Customer. See you later, Alligator."
Schon war er wieder draußen und Steffi seufzte. Immerhin schien er der Meinung zu sein, dass sie auf dem richtigen Weg war. Sie sah auf die Uhr. Fast Mittag. Sie würde sich gleich dransetzen und vermutlich eine Nachtschicht einlegen. Wer wusste schon, was das Team produzierte. Es war besser, einen Plan B zu haben. Außerdem, sie presste die Lippen aufeinander, wartete sowieso niemand auf sie. Und die paar App-Nachrichten konnte sie auch heute Nacht noch beantworten.

Willkommen bei Poetry Xchange
- PX -

Das Forum für Gedichte,
Gedanken und alles, was sonst
nirgendwo Platz hat.

vier

Neuer Beitrag von LaniFlani, 18:52 Uhr:

Licht. Die Welt im Scheinwerfer.
Unbarmherzig. Kein Entkommen. Leere.
Immer verloren. Allein. Die Tür ist geschlossen.
Fäuste donnern dagegen.
Feuer in mir. Hitze. Ich biege die Gitter meines Käfigs auseinander. Meine Hände bluten.
Der Weg ist frei.

Blümchen: Und jetzt? Gehst du?
LaniFlani: Ist absichtlich offen.
Blümchen: Wieso?
Rob: Nur weil der Weg frei ist, findet man nicht automatisch die Kraft, zu gehen.
Blümchen: Weil sich die Figur im Gefängnis wohl fühlt?
LaniFlani: Weil die Figur nichts anderes kennt.

Neuer Beitrag von Rob, 19:37 Uhr:

Ich bin mir näher als je zuvor. Im Spiegel sehe ich mein Gesicht.

Oder sehe ich seins?
Ein grauer Schleier, der alles bedeckt?
Er ist stark. Immer da.
Allumfassend und ahnt es nicht.
Ich weiß nicht, wo ich bin. Aber wo ich sein will.
Denn all das Grau wird machtlos
Wenn die Sonne aufgeht.

Blümchen: Wooooow. Mega, Robin. Die letzten zwei Zeilen sind ganz, ganz toll <3
LaniFlani: Stark. Wer/was ist die Sonne?
Rob: Wenn ich das wüsste. Muss ich darüber nachdenken.
Blümchen: Mach das. Aus den Zeilen leuchtet die Sonne jedenfalls strahlend hell.
Rob: Danke ihr beiden. Wirklich.

Neuer Beitrag von Blümchen, 20:45 Uhr:

Vögel singen, Blumen sprießen, der Tag schenkt mir ein Lächeln
Make me smile and sing, don't you ever stop
Sie pflückt eine Blume und überreicht sie ihr mit bleicher, zitternder Hand
In der Geborgenheit kann sie atmen.
Leben. Frei sein.
Todos nós juntos para sempre.
Sie halten sich an den Händen.

LaniFlani: Die vielen Sprachen verwirren mich.
Blümchen: Sind ja bloß einzelne Sätze. Aber es sind die Sprachen meines Herzens <3
Rob: Bei den englischen Zeilen komm ich mit. Aber Portugiesisch ist schon speziell.
LaniFlani: Es ist eben eine Form des künstlerischen Ausdrucks. Muss mir ja nicht gefallen.
Blümchen: Och :-(
LaniFlani: Aber ich mag den Inhalt. Zusammenhalt. Geborgenheit. Positive Zeilen. Hat was.
Blümchen: Aww <3 danke.
Rob: Ich mags auch, Steffi. Nicht so dunkel wie bei Lani + mir.
Blümchen: Die Welt ist ja auch meistens hell.
LaniFlani: Seit wann?
Blümchen: Macht mal die Augen auf. Nur weniges ist doof und nervig. Manchmal häuft sich es eben an. Da muss man durchhalten!
LaniFlani: Ich halte seit 18 Jahren durch.
Blümchen: Du hast es fast geschafft. Schule ist scheiße. Danach wird's besser.
Rob: Amen.
LaniFlani: Meine Mutter will grad was. Wir sehen uns gleich im Zoom.

Vielleicht wird die Einsamkeit
zu meinem Freund
Vielleicht ist das klug
Vielleicht ist das die einzige
Möglichkeit
Vielleicht zu überleben.

- LaniFlani

fünf

Layana knallte die Tür hinter sich zu. Konnte ihre Mutter sie nicht einfach in Ruhe lassen? Sie blinzelte die Tränen fort. Wieso eigentlich? Robin und Steffi waren die einzigen, vor denen sie sich nicht verstellen musste. Sie setzte sich an ihren Laptop und öffnete Zoom. Ein vertrautes Gesicht erschien.

„Hi Robin!“, rief Layana und lächelte.

„Hey. Alles klar bei dir?“

„Meine Mutter nervt. Und am Montag geht das Praktikum los. Wenn die mich erkennen…“

„Bei einer Versicherung sind doch alle etwas älter. Glaube nicht, dass die Instagram-mäßig so gut informiert sind.“

Layana seufzte. „Ich wäre so gerne an einem Ort, wo mich keiner kennt. Aber hier auf dem Scheißland kennt jeder jeden.“

„Wie gesagt, meine Einladung steht.“

„Aber Frankfurt ist so weit weg und da sind viele Drogensüchtige und Ausländer.“

Robin zuckte die Schultern. „Ja, aber die meisten tun nichts.“

Ein weiteres Gesicht erschien.

„Sorry sorry sorry, ich war noch am Essen, das letzte Mal mit gutem Gewissen, weil am Sonntag geht doch der neue Kurs los-"
„Hey Steffi. Neue Diät?", fragte Robin.
Mit einem Taschentuch tupfte Steffi sich den Schweiß von der Stirn. „Was bleibt mir übrig? Ich muss echt was tun, weil ich die 100 Kilo geknackt habe. Und ich bin doch nur 1,55 groß."
„Vielleicht findest du ja dort Anschluss."
„Das wäre toll. Wien ist echt fancy, aber so allein ist es schwierig. Ich muss durchhalten."
Genau das, dachte Layana. Hier stürmte zwar ihre Mutter ungefragt in ihr Zimmer, um sie und ihr Leben zu Instagram-Inhalt zu verarbeiten. Aber woanders, wo sie keiner kannte, war sie ganz allein.
„Was?", fragte sie, als sie realisiert hatte, dass Robin ihr eine Frage gestellt hatte, sie aber so mit ihrem Selbstmitleid beschäftigt gewesen war, dass sie die überhört hatte.
„Wann du mal nach Frankfurt oder Wien kommst, habe ich gefragt."
„Wie geht's denn dir, Robin?", fragte Steffi und Layana war dankbar für den Themenwechsel.
„Wie immer. Die Erzeugerfraktion nervt. Das Dating lahmt. Und die Kommilitonen sind sehr jung."
Steffi biss sich auf die Lippe. „Ist dir das Dating

nicht unangenehm?“
„Wieso?“ Robin wirkte ehrlich verwirrt.
„Weil du schwul bist“, erklärte Layana.
Robin grinste. „Das war mir mit 16 peinlich. Jetzt ist es eben so. Wer das als Problem sieht, hat selbst eins.“ Kurze Stille. „Ich meinte jetzt nicht dich!“
„Aber es stimmt doch“, seufzte Steffi. „Ich habe Bumble zwar auf Männer und Frauen gestellt, aber ich bringe es einfach nicht fertig, bei einer Frau nach rechts zu wischen.“ Layana konnte der Diskussion kaum folgen. Männer oder Frauen oder was-auch-immer waren ihr kleinstes Problem. „Jetzt bin ich schon Anfang 30. Und schäme mich immer noch!“
„Du bist noch nicht lange geschieden. Gib dir Zeit. Und jetzt lasst uns mal eine Runde schreiben“, bat Robin. „Wir stellen doch immer wieder fest, dass gemeinsames Schreiben uns allen hilft. Auch wenn wir nur vor dem Bildschirm sitzen und nicht im selben Raum.
„Gute Idee.“ Steffi sah in die Kamera. „Der Tipp damals von meinem Therapeuten, dass ich ein Hobby vertiefen soll, war Gold wert. Ansonsten hätte ich mich nie bei PX angemeldet und euch nicht kennengelernt. Dabei bin ich so froh, dass ich euch habe!"
Und Layana stimmte ihr aus vollem Herzen zu.

Ich
Mein Wesen
Mein Innerstes
Kann nie genügen
Ist das wirklich mein Schicksal?
Ich weigere mich, das zu
glauben!

- Blümchen

sechs

„Ich bin Steffi und ihr seht ja, ich bin zu dick.“ Sie seufzte laut. „Was noch? Ach ja, ich bin erst seit wenigen Wochen in Wien und kenne noch nicht so viele Leute. Der Anfang in einer neuen Stadt ist hart, das weiß ich. Ansonsten bin ich seit einem Jahr geschieden und arbeite in einer Werbeagentur-"
„Danke, Steffi.“ Brigitte unterbrach sie. „Noch einmal für alle: Ich bin die Brigitte und begleite euch in den nächsten zwölf Wochen. Ihr seid hier, weil ihr nicht aufhören könnt, zu essen und deshalb große Einschränkungen in eurem Leben hinnehmen müsst. Sozial, gesundheitlich oder auch ganz praktisch wie in einem zu schmalen Flugzeugsitz.“
Steffi begann, sich unwohl zu fühlen. Es tat weh, ihr offensichtliches Unvermögen so vor Augen geführt zu bekommen. Sie wusste schließlich, dass sie zu fett war und jede andere wusste das auch über sich. Zumal ein großer Teil ihres Umfelds dafür sorgte, dass sie es nie vergaß. „Im Termin heute besprechen wir Grundlegendes. Hat jeder von euch die App

heruntergeladen? Ja? Gut. Dann macht ihr bitte bis nächste Woche den Einstiegsfragebogen. Der ist dann Basis für euren individuellen Verhaltensplan. Wir starten heute mit der Rolle der Bewegung im Alltag. Das wird euch begleiten, denn ihr werdet Bewegung nicht vermeiden können. Wie ist eure Erfahrung damit?"
„Bewegung wird glaube ich unterschätzt. Ich unterschätze sie jedenfalls gnadenlos“, meldete Steffi sich gleich zu Wort. „Das merke ich daran, dass immer, wenn ich mich mal bewege, es mir gleich viel besser geht. Dann kann ich auch besser schlafen und ich fühle mich irgendwie entspannter-“
„Danke Steffi“, sagte Brigitte. „Das ist schon ein sehr gutes Beispiel.“ Den Rest des Satzes hörte Steffi nicht mehr. Es war so wie immer. Wie in jeder Gruppe, die sie aufgesucht hatte: Sie war die mit zu viel Text. Die ständig redete, die alles teilte. Was in der Werbeagentur als ideal galt, war im echten Leben ein Minuspunkt. Aber so war sie nun einmal. Sie konnte sich ja nicht permanent verstellen!
Steffi spürte etwas an ihrem Arm und sah auf. Ihre Sitznachbarin hatte sie angestoßen und lächelte freundlich. „Mir geht's genauso“, flüsterte sie. „Nur, dass mir danach immer die Knie Probleme machen.“

Steffi lächelte. Die andere Frau schien etwas älter als sie selbst zu sein. Karin, glaubte sie sich von der Vorstellungsrunde zu erinnern. Sie war größer, klar, aber das waren sie ja beinahe alle. Und füllig, deswegen waren sie hier. Aber ihr Lächeln erreichte ihre Augen und das sah Steffi nicht oft.

„Das kenne ich leider auch“, erwiderte sie. „Ich hatte überlegt, mal schwimmen zu gehen. Das soll ja knieschonend sein.“

„Aber nur, wenn man krault“, warf die Sitznachbarin auf ihrer linken Seite ein. Eine jüngere Frau, mit dunklen Locken und strahlenden grünen Augen. Lilly oder Liliane oder so.

„Ich kann nicht kraulen“, stellte Steffi fest.

„Wandern soll auch gut sein“, sagte die mit den tollen Augen. „Ich habe da online eine Gruppe gefunden.“

„Für Wandertreffen?“, fragte Steffi.

„Meine Damen, ich bitte euch!“, hörte sie Brigittes nun deutlich lautere Stimme. „Für den Austausch miteinander ist die Pause gedacht.“

Die Kursleiterin wandte sich wieder ab und ihre Sitznachbarin schnitt eine Grimasse. Steffi grinste. Vielleicht war dieser Diätkurs unterhaltsamer, als sie befürchtet hatte.

Angeblich bin ich nicht wie die
anderen
ich bin etwas fucking Besonderes
grün statt blau
Darf ich denn niemals einfach
nur ich sein?

- LaniFlani

sieben

„Wenn du das Dokument gescannt hast, benennst du es mit Nachnamen – Vornamen – Geburtsdatum. Und dann legst du den Scan in dieser Ordnerstruktur ab, je nach Anfangsbuchstaben des Nachnamens. Verstanden?"
Layana nickte. Wie in der Schule, wo Fehler sofort entdeckt und geahndet wurden. „Gut. Aber jetzt ist erst mal Mittagsessenszeit. Kommst du mit?"
Layana bekam Magenschmerzen. Die Kollegen schienen zwar nett zu sein, aber in der Kantine würden die Gespräche sicher auf die persönliche Ebene rutschen. Andererseits konnte sie kaum nein sagen. Und sie hatte Hunger.
„Ja klar", murmelte sie und fühlte sich furchtbar. Kurze Zeit später saß sie mit fünf Kollegen am Tisch. Es war laut und es roch intensiv nach Essen. Currywurst war hier das beliebteste Gericht, aber Layana wurde schlecht von dem Geruch. Deshalb stand vor ihr ein großer Teller Spaghetti Bolognese, auf dem mindestens die Hälfte übrig bleiben würde.
„Erzähl mal, Layana, wieso bist du ausgerech-

net bei uns gelandet?“
Alle Blicke richteten sich auf sie und natürlich wurde sie rot. „Ich stehe vor der Berufswahl-“
„Sprich lauter“, bat eine der Kolleginnen, die am anderen Ende des Sechsertisches saß.
Layana räusperte sich. „Also ich weiß noch nicht genau, was ich machen will. Ich habe mein Abi fertig und irgendwie scheint jeder einen Plan zu haben. Außer mir.“ Es fühlte sich überraschend gut an, so ehrlich zu sein.
„Aber du hast doch sicher etwas, wofür dein Herz brennt?“, fragte Isabella, die nur ein paar Jahre älter aussah als sie selbst.
Bei dem Gedanken an ihre Bücher musste Layana lächeln.
„Aha!“, erkannte die Kollegin, „was ist es?“
Layana presste die Lippen aufeinander. Sie würden sie ganz sicher auslachen.
„Also ich beispielsweise wollte schon immer in einem Büro arbeiten. Deshalb habe ich mich für die Ausbildung hier entschieden.“
„Und ich beschäftigte mich gerne mit Zahlen und Fakten“, warf einer der Kollegen ein, Rainer, glaubte Layana. „Ich mag Statistiken.“
„Ich habe gerne mit Menschen zu tun, deshalb bin ich an der Hotline“, erklärte Ruth, die sie heute früh herumgeführt hatte. „Was ist deine Motivation?“

Layana fühlte sich nun komplett fehl am Platz. Was war ihre Motivation? Sie wollte etwas tun, etwas sehen, was sie noch nicht kannte. Weit weg von der Glitzerwelt ihrer Mutter. Vielleicht sollte sie einfach ehrlich sein? Die Lügen kosteten zu viel Kraft.

„Also, ich bin hier, weil ich mir einen Bürojob auch vorstellen kann." So weit, so gut. „Meine Mutter redet mir ständig ein, dass das langweilig ist und normal", besorgt sah Layana in der Runde umher, sie wollte ihre Kollegen schließlich nicht vor den Kopf stoßen, „aber ich finde normal eigentlich ganz gut."

Da war es raus. Plötzlich fühlte sie sich viel leichter.

„Das kann ich verstehen", entgegnete Isabella, „meine Mutter ist Chefärztin im Krankenhaus und ständig mit ihrem Job beschäftigt. Ich wollte immer nur eine ganz normale Mama."

Layana starrte sie an. Eine Welle der Dankbarkeit überschwemmte sie. Dankbarkeit für die Ehrlichkeit, für das Teilen. Dankbarkeit für ihre eigene Erkenntnis. Denn bisher war Layana davon überzeugt gewesen, dass nur Robin und Steffi sie verstanden. Würde sie noch mehr Menschen auf ihrer Wellenlänge finden, wenn sie sich traute, etwas von sich Preis zu geben?

All die Steine auf meinem Weg
sammele ich ein
packe sie in meinen Rucksack.
Sie versammeln sich zu einer
unendlichen Last.

- Rob

acht

Ich laufe. Der Rucksack ist schwer.
Drückt auf meine Wirbelsäule, schneidet in meine Schultern, zieht mich zu Boden.
Ich laufe weiter.

Das war der fünfte Entwurf und Robin war zufrieden. Zeit für einen Kaffee. Er stand auf und ging zur Küchentheke. Er mochte sein Studio. Großer Arbeitsplatz, Kleiderschrank als Raumtrenner, dahinter das Bett. Und gleich Kaffeegeruch überall. Als es klingelte, sah er auf die Uhr. Am späten Nachmittag kam doch keine Post mehr? Seine Kommilitonen wussten nicht, wo er wohnte. Dann konnte es nur… sein Magen verkrampfte sich und er ging zur Sprechanlage hinüber. „Hallo?"
„Hallo mein Hase, wir sinds!"
Instinktiv ließ Robin die Taste los, bevor er gequält aufstöhnte. Was wollten seine Eltern hier? Er drückte wieder auf den Knopf. „Lasst uns ins Café um die Ecke gehen. Gib mir 2 Minuten."
Den Protest seiner Mutter hörte er nicht mehr, als er zum Schrank hinüberhastete, um sich ein

sauberes T-Shirt anzuziehen. Geldbeutel und Handy einstecken – er riss die Tür auf und wäre beinahe gegen seinen Vater geprallt.
„Wir wollten uns doch unten treffen“, protestierte Robin. Sein Vater drängte sich in die Wohnung.
„Hast du was zu verstecken?“ Seine Mutter folgte ihm. „Oder bist du zu feige, mir zu sagen, wie du dich entschieden hast?“
Robin kniff die Augen zusammen. „Das ist meine Sache.“
„Mein Sohn ist ein Feigling.“
Genug war genug. „Neonatologie“, spie Robin seinem Vater entgegen.
„Kinderarzt?“ Robin sah seine Schläfen pulsieren. „Das kannst du nicht wirklich wollen!“
„Wieso nicht?“, antwortete er und ärgerte sich im nächsten Moment, dass er darauf eingegangen war.
„Ein schwuler Kinderarzt! Als würde irgendjemand seine Kinder von dir untersuchen lassen!“ Plötzlich fühlte er sich, als würde er fallen. „Deshalb wolltest du uns auch nicht reinlassen, oder?“, polterte sein Vater weiter, „weil du Männerbesuch hast! Am helllichten Tag! Schämen solltest du dich!"
Robin wollte dem Wahnsinn etwas entgegensetzen, aber aus seiner Kehle kam kein Ton.

„Wo ist er? Im Bad?“ Endlich gewann Robin die Kontrolle über seinen Körper zurück. Bevor sein Vater die Badezimmertür erreichte, packte Robin ihn am Arm und zog ihn weg.
„Du bist erbärmlich und homophob obendrein!"
„Was habe ich verbrochen, dass ich so einen Sohn verdiene?“
„Hau ab! Oder…“, Robin holte tief Luft, „ich rufe die Polizei.“ Er zog sein Handy aus der Hosentasche. „Ich stehe im Mietvertrag. Das ist Hausfriedensbruch.“
Nun färbten sich die Ohren seines Vaters dunkelrot. „Das wagst du nicht!“
Mit zitternden Händen tippte Robin 110 ein. Sein Vater starrte auf das Display, seine Nasenlöcher weiteten sich. Ein hässlicher Mann, dachte Robin. Und alt.
"Anita, wir gehen.“
Als sich Robin einige Minuten später gefasst hatte, setzte er sich an seinen Laptop. Unter dem Gedicht von vorhin fügte er einen Absatz ein. Dann schrieb er:

Endlich bleibe ich stehen
Und setze den Rucksack ab.

Manchmal möchte ich einfach
spüren, dass ich nicht allein bin.
Dass ich nicht falsch bin.
Aber manche Hoffnungen
bleiben nur Träume.

- Rob

neun

„Hey Robin, heute ist doch die Drei-Zeilen-Poetry Challenge auf PX. Wo bist du denn? Alles okay? Ich mache mir echt Sorgen. Gib mal ein Lebenszeichen von dir!"

Robin lächelte. Steffi würde immer ihren Gedankenstrom aussprechen. Eigentlich eine schöne Eigenschaft. Die Voicemail piepte.

„Robin, kommst du? Wir warten auf dich", hörte er Layanas Stimme. Kurz und auf den Punkt, wie immer.

Vielleicht sollte er doch einfach mitmachen? Nein. Sämtliche Gedichte würden heute von Trauer und Resignation handeln. Oder Verleugnung? Er konnte noch immer nicht glauben, dass sein Vater wirklich diese Worte benutzt hatte. Aber vielleicht war das nur dessen Gedankenstrom gewesen, wie bei Steffi.

Wieder klingelte sein Handy. Layana. Sie rief ihn nie an, aber heute schon zum zweiten Mal.

„Hey. Was geht bei dir?" Robin brachte kein Wort heraus. „Alles in Ordnung?" Schon hörte er die Sorge in ihrem Tonfall.

„Es ist…" Beinahe brach ihm die Stimme. „Er

hat gesagt, dass ein schwuler Mann kein Kinderarzt werden sollte."
„Wie bitte?“ Robin musste das Telefon ein Stück von seinem Ohr weg halten. „Dieses schwulenfeindliche Arschloch!“, schrie Layana ins Telefon. „Wenn der vor mir stehen würde, würde ich dem in seine dumme Fresse schlagen-“
„Lani, bitte“, sagte Robin mit heiserer Stimme. „Das bringt doch nichts.“
„Regt dich das nicht auf?“
„Mich macht es traurig."
Er hörte Layana abfällig schnauben. „Das hat überhaupt nichts mit dir zu tun!"
Robin ließ einige Sekunden verstreichen. „Wieso muss ich so sein?"
„Robin, du bist sein Kind! Es ist nicht deine Aufgabe, so zu sein, wie er dich haben will. Oder dich dafür zu entschuldigen, wie du bist!“ Immer noch war sie lauter als nötig.
„Meinst du?“, fragte er leise.
„Ja-ha! Schau dir doch meine Mutter an! Nur weil sie damit reich geworden ist, jeden Pups online zu teilen, meint sie, ich müsste es genauso machen! Nein! Denn, Überraschung: Nur weil etwas für dich funktioniert, kannst du nicht voraussetzen, dass es das auch für deine Kinder tut!“ Layanas leidenschaftlicher Einsatz brachte ihn zum Lächeln.

„Danke, dass du da bist“, sagte er leise.
„Robin, wirklich! Lass es raus! Er ist ein dummes Arschloch und das kann die ganze Stadt wissen, wenn du es in den Nachthimmel schreist!“
Wieder lächelte Robin. Er hörte sie tief einatmen.
„Unsere Eltern leben in ihrer eigenen Welt. Das ist nicht die Realität.“
Für einige Momente schwiegen sie beide. Er konnte beinahe hören, wie Layana sich neue Argumente zurechtlegte.
„Du sagst doch immer, dass ich problemlos in eine Großstadt ziehen kann, um Literatur zu studieren.“
„Davon bin ich überzeugt.“
„Ich vertraue dir. Und jetzt vertraust du mir, wenn ich dir sage, dass dein Vater das Problem ist. Nicht du.“ Robin schluckte. „Was fällt ihm ein, solche Dinge zu sagen? Was glaubt er eigentlich, wer er ist?“
Plötzlich spürte Robin, wie sich ein Funken in seinem Herz entzündete. Dann ein zweiter. War das Wut? „Ich muss auflegen. Danke.“
Er beendete die Verbindung. Dann ging er zum Fenster, öffnete es und schrie seinen Schmerz in die Nacht hinaus.

Wie kann ich anders sein?
Völlig anders, als ich bin?

- Blümchen

zehn

Rob: Bist du noch wach?
Blümchen: Sleepless in Vienna.
Rob: Können wir telen?

Sofort rief Steffi Robin an.
„Hey. Alles in Ordnung? Du warst gar nicht bei der Challenge! Lani ja auch nicht, ich habe mein Team vermisst.“
„Ja, sorry. Ich hatte furchtbaren Streit mit meinem Vater. Er ist ein homophobes Arschloch.“
„Wieso klingst du amüsiert?“, fragte Steffi.
„Weil Lani das vorhin ziemlich gut auf den Punkt gebracht hat. Ich konnte es nicht sehen. Er findet, ich soll kein Kinderarzt werden, weil ich schwul bin.“
Steffi glaubte, sich verhört zu haben. „Echt jetzt?"
„Hast du nicht auch den Kontakt zu deinen Eltern abgebrochen? Also nach der Scheidung?“
Steffi spürte Traurigkeit. Aber sie war nicht bodenlos und unendlich wie früher, kein tiefer See. Sondern eine flache Pfütze.
„Ich hatte noch nie viel Kontakt zu meinen El-

tern. Aber sie haben Erik nun mal geliebt. Seit ich mich von ihm getrennt habe, spreche ich zwei Mal im Jahr mit ihnen.“ Sie lächelte. „Aber weißt du was? Es ist in Ordnung. Sie verstehen nicht, was mir wichtig ist und umgekehrt. Dann habe ich lieber wenig Kontakt, als ständig verletzt und in Frage gestellt zu werden.“

Stille am anderen Ende. „Falls ich irgendwann einmal mit einer Frau zusammenkäme, würde ich es ihnen aber trotzdem sagen, denke ich.“

„Würden sie nicht durchdrehen?“, fragte Robin.

„Ja. Aber dann wüsste ich, dass sie noch immer so sind, und müsste den sporadischen Kontakt nicht irgendwann bereuen.“ Sie war stolz auf sich. Diese Erkenntnis war das Ergebnis vieler Therapiestunden.

„Finde ich gut. Niemand sollte sich verstellen.“

„Obwohl es manchmal einfacher wäre. Ich gehe nämlich mit meinem vielen Gerede den Leuten schnell auf die Nerven. Aber so bin ich eben.“

„Du bist sehr ehrlich, Steffi. Bei dir weiß ich immer, was du denkst. Es gibt so viele verlogene Menschen. Deshalb finde ich das toll.“

Ein warmer Schauer fuhr durch ihren Körper. „Wirklich? Das fand noch nie jemand gut.“

„Bestimmt. Es hat dir nur noch keiner gesagt.“

Steffi schloss die Augen. Hatte ihre vermeintliche Schwäche tatsächlich etwas Gutes? Und

hatte sie sich umsonst dafür gehasst? Wenn sie nun so offen miteinander sprachen, dann konnte sie auch die Frage stellen, die ihr schon so lange auf dem Herzen lag.
„Robin, wie schaffe ich es, dass es mir nicht mehr peinlich ist, eine Frau zu daten?“
„Was daran ist dir peinlich?“
„Ich habe Angst davor. Dass jemand mit dem Finger auf mich zeigt und sagt schau mal, die steht auf Frauen. Das wäre furchtbar.“
„Das ist nur in deinem Kopf. Wenn jemand auf dich zeigt und sagt, schau mal, die da fährt gerne Fahrrad, wäre dir das ja auch nicht peinlich, oder?“
„Weil am Fahrradfahren nichts Peinliches ist.“
„Aber an Frauen lieben schon?“
„Es machen weniger. Es ist nicht normal.“
„In deinem Leben nicht, noch nicht. Aber es gibt sehr viele Frauen, die Frauen lieben. Und wenn du es schaffst, deine Welt dieser Realität anzunähern, dann wirst du nicht verstehen, wie dir das jemals peinlich sein konnte.“
„Das kann doch nicht so einfach sein“, murmelte Steffi.
„Ist es aber. Du bist gut, wie du bist.“ Seine Stimme wurde fester. „Und ich bin gut, wie ich bin. Auch wenn mein Vater mich das beinahe hat vergessen lassen."

Und jetzt springe ich.

- LaniFlani

elf

Layanas Koffer rollte furchtbar laut über das Kopfsteinpflaster. Hoffentlich weckte sie niemanden damit auf. Vor Hausnummer 43 blieb sie stehen, zog ihr Smartphone aus der Jackentasche und vergewisserte sich. Löwengasse 43, hier war sie richtig. Eines der Häuser, die im Krieg nicht zerstört worden waren. Layana kaute auf ihrer Unterlippe. Seltsames Gefühl, dass vor so vielen Jahren hier Bomben gefallen waren. Sie schüttelte den Kopf, als könnte sie diesen Gedanken so loswerden. Dann drückte sie das Klingelschild. Hielt die Luft an.

„Hallo?"

Layana atmete aus. „Robin, ich bin's."

„Layana? Wow… äh… komm hoch. Zweiter Stock rechts."

Der Summer ertönte und sie drückte die Tür auf. Immerhin nicht Dachgeschoss, dachte sie. Oben stand Robin schon an der Tür und sie strahlte ihn an. So oft hatte sie dieses Gesicht auf einem Bildschirm gesehen. Aber jetzt stand dieser Mensch zum ersten Mal vor ihr. Er war größer, als sie gedacht hatte, gut 1,90. Und seine

Haare sahen wuscheliger aus.
„Du bist es wirklich“, stellte Robin fest und öffnete die Tür. „Komm rein. Das ist echt eine Überraschung!“
Layana lächelte und betrat die Wohnung. „Danke. Und sorry für den Überfall.“
Er schloss die Tür hinter ihr und musterte sie. „Ich... brauche noch einen Moment. Ich habe nicht mit dir gerechnet.“
„Schon gut. Ich wusste heute früh auch noch nicht, dass ich jetzt hier sein würde.“
Robin schien sich plötzlich an Umgangsformen zu erinnern. „Willst du was trinken? Setz dich doch.“ Er deutete auf die Frühstückstheke.
„Wasser wäre super“, entgegnete Layana, ließ ihren Koffer stehen und setzte sich. Robin öffnete eine Flasche und schenkte ein. Dann nahm er ihr gegenüber Platz.
„Wieso bist du hier?“
Layana trank einen großen Schluck und spürte, wie die Tränen wieder in ihren Augen schossen. „Heute früh auf der Arbeit. Da gibt es eine Kollegin, mit der ich mich gestern ganz gut verstanden hatte. Die Azubi.“ Sie holte Luft. „Heute in der Frühstückspause hat sie den Insta-Account meiner Mutter rumgezeigt. Die ganzen Kinderbilder.“ Sie blickte erst wieder auf, als Robin ihren Unterarm berührte.

„Das tut mir leid", sagte er leise.
Mit der anderen Hand wischte sich Layana die Tränen weg. „Die fanden das alle wahnsinnig lustig. Da bin ich gegangen."
„Du bist bei mir sehr willkommen, das weißt du doch?" Erleichtert nickte sie. „Ich habe eine Luftmatratze und Bettzeug für Gäste hier. Also kein Problem."
„Danke. Ich hatte keinen Plan B."
„Du bist allein in eine Großstadt gefahren. Um diese Zeit. Du kannst es, Lani."
Layana rieb sich die Stirn. „Das ist was anderes. Mit Google Maps und so…"
„Ist es nicht", widersprach Robin sanft. „Es ist etwas, das du noch nie getan hast, aber geschafft hast. Genau wie du einen Umzug meistern würdest."
Sie schüttelte den Kopf. „Es ist, als wüsste ich, dass ich springen muss. Aber ich kann mich nicht überwinden, den letzten Schritt zu tun."
„Aber den hast du doch schon getan. Du bist hier."
Wieder schüttelte Layana den Kopf. „Ich habe mich noch nicht für den Umzug entschieden. Ich stehe immer noch am Abgrund und starre hinunter."
„Nein. Du bist in der Luft." Er griff nach ihrer Hand. „Und damit bist du nicht allein."

Ich bin gesprungen
aber statt zu fallen
fliege ich endlich.

- LaniFlani

zwölf

Layana betrat das kleine Café. Es war laut, voll und roch gebratenem Speck. Das Wasser lief ihr im Mund zusammen. Aber war hier Platz für sie? Sämtliche Tische waren besetzt.

„Hey pretty!”

Layana fuhr herum. Ein junger Mann mit roter Schürze kam auf sie zu. In den Händen hielt er ein Tablett mit Tassen. „Here for Brekkie?“

Sie starrte ihn an. „Ob du frühstücken möchtest“, sagte er mit amerikanischem Akzent und lächelte. Sein Blick war warm, herzlich, ehrlich.

„Äh ja, eigentlich schon.“ Sie wurde rot.

„Du kannst an der Theke sitzen. Was magst du trinken?“

Welches Getränk war hier wohl *zum Brekkie* angesagt?

„Latte Macchiato bitte“, antwortete sie schnell. Dabei mochte sie gar keinen Kaffee.

„Sure.“ Damit ließ er sie stehen und ging hinter die Theke. Layana kletterte auf einen der Barhocker und sah sich um. Der Krach wurde lauter, als die Bohnen durch die Maschine ratterten. An den dunkelblau gestrichenen Wänden hingen Poster von Tieren im Dschungel. Das Mobiliar aus Holz hatte seine besten Tage hinter sich. Der Geruch nach gebratenem Speck zog in jede Faser ihrer Kleidung und wahrscheinlich auch in ihre Haare. Layana liebte es. Wann hatte sie sich zum letzten Mal so lebendig gefühlt? Ihr Smartphone summte.

Blümchen: Hab gehört, du bist auf Weltreise?
LaniFlani: Fast. Kurz sprechen?

Ihr Handy klingelte.
„Du bist echt in Frankfurt?", fragte Steffi ohne ein Wort der Begrüßung. Das war neu, dachte Layana, sonst kam ihre Freundin doch ewig nicht zum Punkt.
„Yes. Robin ist in der Uni und ich sitze in einem hippen Frühstückslokal."
„Cool", lachte Steffi. „Siehst du, du kannst es. Eine Großstadt ist dasselbe wie Landleben, nur mit mehr Menschen."
„Außer Robin kenne ich hier niemanden."
„Dann lernst du eben Leute kennen."
Layanas Blick fand den jungen Kellner, der gerade Kaffee zubereitete. Ihren Latte Macchiato? Er bemerkte es und lächelte ihr zu. Sie lächelte zurück. „Ja, vielleicht."
„Doofe Frage. Aber müsstest du nicht eigentlich

dein Praktikum machen?“, fragte Steffi.
Layana seufzte. „Die haben mich da erkannt und Bilder rumgezeigt. Da bin ich raus.“
„Echt? Oh man, wie blöd. Ist Abbrechen die Lösung?“
„Keine Ahnung. Es hat mich eben wütend gemacht. Ist eh nicht mein Traumberuf.“ Und ein paar Sekunden später: „Steffi, bist du noch da?“
„Ja. Ich frage mich, wie das bei mir ist. Wut spüre ich fast nie. Obwohl es in der Agentur einiges gibt, worüber ich wütend sein müsste. Wie bekommst du den Zugang zur Wut?“
Solche Fragen am frühen Morgen!
„Ich fühle einfach. Manchmal muss ich die Stimme in meinem Kopf stumm schalten, die sagt, dass große Mädchen nicht wütend werden.“
Als der Kellner ihren Latte vor ihr abstellte, bedankte sie sich mit einem Lächeln.
„Dann ziehst du bald um?“, wechselte Steffi das Thema.
„Keine Ahnung.“
„Weißt du“, Steffis Tonfall wurde dunkler, „du musst dich entscheiden. Meinst du es ernst? Willst du es wirklich? Oder lebst du lieber ein bequemes, fremdbestimmtes Leben?“

From watching my weight to
walking away. Ab jetzt werde ich
meine eigenen Ratschläge
befolgen.
Und jetzt: Watch me.

- Blümchen

dreizehn

Steffi schloss die Tür zu ihrem Büro, bevor sie den Anruf annahm.

„Hallo Steffi. Hier ist Brigitte. Ich habe schon einige Male versucht, dich zu erreichen. Ich habe deine Kündigung bekommen. Es wundert mich, dass du aussteigen willst."

Steffi räusperte sich. „Mag sein. Aber ich bin ja noch in der zweiwöchigen Kündigungsfrist, also sehe ich keine Probleme."

„Ja klar. Ich wollte nur hören, was deine Gründe sind. Denn du weißt ja, dass du gegen dein Übergewicht aktiv werden solltest, sonst hättest du dich nicht bei uns angemeldet."

Steffi kniff die Augen zusammen. War da ein Funken Wut?

„Die AGBs sagen, dass ich innerhalb von zwei Wochen nach Kursstart ohne Angabe von Gründen kündigen kann. Das habe ich getan. Wieso führen wir jetzt dieses Gespräch?"

Brigitte lachte auf. „Das ist inoffiziell. Ich möchte nur verstehen, wieso du dich so verhältst. Ob das eine typische Denkfalle ist, beispielsweise, dass du es sowieso nicht schaffst."

Steffi lächelte. „Ich weiß, dass ich es schaffe.“
„Ganz allein? Steffi, ich sage es nicht gerne, aber bei deinem BMI wird das schwer. Die Zeit läuft. Auf deinen Gelenken ist zu viel Druck, du hast ein höheres Risiko für Herz-Kreislauf-Erkrankungen-“
„Und Diabetes nicht zu vergessen“, fügte Steffi hinzu. Sie spürte in sich hinein, aber die Wut wuchs nicht. Wie machte Layana das nur?
„Genau. Willst du das wirklich allein versuchen?“
„Ich bin nicht allein, Brigitte. Und ich lege jetzt auf. Bitte kontaktiere mich nicht mehr.“
Steffi legte das Telefon zurück auf den Schreibtisch und atmete langsam aus.
„Hey Steph!“ Heute klopfte ihr Chef noch nicht mal, bevor er die Tür aufriss. Dafür meldete sich ein zweiter Funke Wut. Wieso erlaubte er sich das?
„Was kann ich für dich tun?“, fragte sie und versuchte, sachlich zu bleiben.
„Look, wegen der Car-Campaign. Dein Ansatz ist super, aber es gibt eine Änderung.“
Eine Welle von Adrenalin überschwemmte Steffi, aber er redete weiter. „Kathi will lead the project."
Sie starrte ihn an. Lila Bluse bekam ihr Projekt?
„Aber das war meine Idee!“, protestierte sie.

„Sharing is caring", flötete ihr Chef, „du bist doch der Ideengeber. Kathi setzt es nur um."
Endlich entzündete sich der Funke. „Aber die Umsetzung ist meine Rolle als Creative Director! Dafür habt ihr mich eingestellt!"
„Come on. Wir sind ein Team."
Steffi verschränkte die Arme vor der Brust. „Ich stimme dem nicht zu. Und ich werde unseren Geschäftsführer fragen, was er davon hält."
Er riss die Augen auf. „Ach komm, gib Kathi doch eine Chance…"
„Vergiss es." Die Wut brannte heiß in ihr, wollte aus ihr herausbrechen und über ihren Chef herfallen. „Du kommst hier in mein Büro ohne zu klopfen, informierst mich darüber, dass du mir mein Projekt wegnimmst und ich soll happy sein? No fucking way!"
„Stay cool, kein Grund, so auszurasten."
„Ich raste nicht aus", stellte Steffi mit lauter Stimme klar, „ich ziehe meine Grenzen."
Er seufzte laut. „Alright. Wenn du so empfindlich bist, dann bleibt das Projekt eben bei dir-"
„Ich bin nicht empfindlich", erklärte sie und kam sich vor, wie eine gesprungene Schallplatte, „ich verteidige nur meine Grenzen."
Er schnaubte. „If you insist, dann behalte eben das Projekt." Endlich verließ er das Büro.
Und Steffi fühlte sich großartig.

Manche Entscheidungen
verursachen beinahe körperliche
Schmerzen.
Aber das sind diejenigen, die es
am meisten wert sind.

- Rob

vierzehn

Robin schloss seine Wohnungstür auf. Die Ruhe hier war himmlisch. Er würde sie vermissen. Aber jetzt musste er diesen Telefonanruf hinter sich bringen, von dem sein Plan abhing. Oder zumindest die zügige Umsetzung dessen. Während es klingelte, hielt Robin die Luft an. Endlich nahm er ab.

„Hi Peter." Robin schluckte. „Passt es gerade?"

"Hey Robin. Das ist ja eine Überraschung. Was gibt es?"

Er musste einfach nur über seinen Schatten springen. „Ich wollte nachfragen, ob das WG Zimmer bei euch noch frei ist?"

Stille in der Leitung.

„Wir hatten inzwischen ein paar Leute zum Casting, aber es hat noch nicht gepasst. Also ja. Willst du jetzt doch umziehen?"

Robin fühlte, wie die Anspannung von ihm abfiel. „Ja, es ist Zeit. Soll ich heute Abend mal vorbeikommen?"

„Um sieben passt. Ich sage es den Mädels schon mal, die werden sich freuen. Das Zimmer steht leer, also kannst du jederzeit einziehen."

Natalie und Lisa kannte Robin von der Uni. Genau wie Peter waren sie etwas älter als er. Natalie schrieb an ihrer Physikpromotion. Und Lisa studierte auch Medizin, hatte aber vorher einige Jahre als Krankenschwester gearbeitet.
„Danke Peter. Bis heute Abend."
Robin legte auf. Sein neues Zimmer war klein und die WG lag etwas außerhalb der Stadt. Aber die letzte Abhängigkeit von seinem Vater ging ihrem Ende entgegen. Das war es wert. Robin wählte den Hausanschluss seiner Eltern.
„Hallo Hase", ging seine Mutter nach dem zweiten Klingeln ran. „Wie geht's dir denn?"
„Hallo Mama. Ist Vater in der Nähe? Dann stell bitte auf laut, ich möchte euch etwas mitteilen."
Er hörte, dass sie nach ihm rief.
„Ich habe auf laut gestellt, dein Vater ist auch hier", bestätigte seine Mutter.
„Gut", antwortete Robin knapp. „Ich ziehe zum ersten Juni aus."
„Was?", hörte er seinen Vater schnauben, „in zehn Tagen? Soll das ein Witz sein?"
„Nein. Ich ziehe in eine WG."
„Wohngemeinschaft?", echote sein Vater, „Junge, du hast dich aufs Studium zu konzentrieren und nicht auf WG Parties und Putzpläne! Sowas Dummes habe ich selten gehört."
Robin biss die Zähne aufeinander. Heute nicht,

dachte er, heute lasse ich mich nicht von dir fertig machen. „Außerdem habe ich einen Nebenjob an der Uni. Ich brauche also zukünftig kein Geld mehr von euch.“
„Verdammt noch mal, du studierst Medizin! Du kannst nicht nebenbei in einer WG leben und obendrein noch arbeiten!“
Wieder hielt Robin das Telefon ein Stück von seinem Ohr weg.
„Ich werde euch meine neue Adresse nicht geben“, fuhr er unbeirrt fort. „Ihr habt meine Handynummer. Vater, du kannst dich melden, falls du mich irgendwann so akzeptierst, wie ich bin."
„Und was ist mit Weihnachten?“, rief seine Mutter bestürzt.
„Vielleicht verreise ich. Oder wir machen eine WG-Party." Dann legte er auf. Seine Mutter tat ihm leid, aber sein Seelenheil war ihm wichtiger als ihres. Keine finanzielle Abhängigkeit mehr und keine unangekündigten Besuche. Er war stark genug. Noch nie hatte er sich nach einem Telefonat mit der Erzeugerfraktion so gut gefühlt.

Meine Flügel werden immer
größer.
Niemand hält mich je wieder am
Boden.

- LaniFlani

fünfzehn

„Mama, wir müssen reden.“

Layana stand im Türrahmen zum Wohnzimmer, wo ihre Mutter dabei war, vor den bodentiefen Fenstern eine Filmkulisse aus Sessel, Stofftieren und Teetasse aufzubauen.

„Jetzt? Ich wollte gleich live gehen.“

„Das muss warten.“

Verblüfft sah ihre Mutter sie an. Layana hielt dem Blick stand.

„Was ist denn los?“ Sie kam auf sie zu. „Muss ich mir Sorgen machen?“ Bevor Layana antworten konnte, redete sie weiter. „Bist du etwa schwanger? Du meine Güte! Das ist ein Schock, aber fantastisch für meine Reichweite!“

Layanas Blick wurde hart. „Ich weiß nicht, was mich wütender macht. Dass du nicht weißt, dass ich noch nie Sex hatte oder dass du immer nur an deinen Erfolg denkst!"

Ihre Mutter riss die Augen auf. „Wirklich? Du bist noch Jungfrau?“ Das versetzte Layana einen Stich. Einfach weitermachen.

„Ich habe mich entschieden. Ich werde in Mainz Literatur studieren.“

„Das mit den Büchern?“, fragte ihre Mutter aufgeregt. „Das ist ja wunderbar, Schatz!“ Ehe Layana protestieren konnte, umarmte ihre Mutter sie. „Ich freue mich so für dich!“ Sie drückte ihr einen Kuss auf die Wange. „Soll ich gleich meinen Makler anrufen? Eher Altbau oder Neubau? Drei Zimmer, damit du ein Arbeitszimmer hast? Natürlich brauchst du auch einen Stellplatz.“

Layana verdrehte die Augen. „Ich habe kein Auto und brauche auch keins.“ Und in weniger als einer Stunde wäre sie in Frankfurt. Bei Robin oder in dem Frühstückscafé.

„Aber das hast du doch nicht nötig. Lani, du bist was Besonderes.“

„Ich möchte einfach normal sein“, erklärte Layana und wusste gleichzeitig, dass ihre Mutter es nicht verstehen würde.

„Normal wäre es, einen Tag nach dem anderen in einem Büro zu verbringen. So wie in deinem Praktikum. Macht es dir solchen Spaß, normal zu sein?“

Layana biss sich auf die Lippe. „Bis sie mich als die Tochter eines Instagram-Stars erkannt haben, hat es mir Spaß gemacht.“ Das war nicht gelogen.

„Und ansonsten würdest du da die nächsten vierzig Jahre arbeiten wollen, ja?“

Sie schüttelte den Kopf. „Nein, aber … ich muss meinen eigenen Weg gehen.“ Sie dachte an Robins Umzug. „Ich muss unabhängig von dir sein.“ Ihre Mutter legte den Kopf schief. „Du willst kein Geld von mir während des Studiums? Och Schätzchen, ich helfe dir doch gerne aus. Du bist doch meine Große.“

Layana lächelte. „Ich sage nicht, dass ich gar kein Geld brauche. Aber ich möchte mir selbst eine Unterkunft suchen. Selbst bestimmen, wo ich wohne und wie ich mich fortbewege. Bitte lass mich machen, ich kann das.“

„Das weiß ich doch, mein Schatz.“

„Und ich habe noch eine Bedingung. Ich werde niemals wieder in deinem Instagram oder irgendwo anders erscheinen. Ansonsten breche ich sämtlichen Kontakt zu dir ab.“

„Aber wieso denn?“

„Ich muss das nicht begründen."

„Lani, das ist doch Unsinn. Das verstehst du nicht, da geht es um sehr viel Geld."

„Oh, glaub mir, ich verstehe das. Entweder du versprichst, dass du nichts mehr von mir oder über mich postest. Oder ich bin weg."

Layana ließ ihre Mutter stehen und war wahnsinnig stolz auf sich.

Willkommen bei Poetry Xchange
- PX -

Euer Forum für Kreativität, Mut
und echte Verbindungen.

sechzehn

Neuer Beitrag von LaniFlani, 19:37 Uhr:

Meine Koffer sind gepackt. Mein Weg liegt vor mir. Ich gehe den ersten Schritt.
Ich habe keine Angst.
Die Zukunft liegt mir zu Füßen.
Ein langer Weg liegt hinter mir, ein langer Weg liegt vor mir.
Und jetzt gehe ich los.

Blümchen: Wow, Lani, ich bin verliebt. Dass du sowas schreiben kannst! Mega.
Rob: Mehr Ich-Perspektive. Gefällt.
LaniFlani: Danke ihr 2. Kommt mir vor, als könnte ich jetzt endlich ich selbst sein.
Blümchen: Ich finds so toll, dass du den Schritt getan hast. Ich hoffe, du bist stolz auf dich <3
LaniFlani: Mal abwarten. Vielleicht finde ich Mainz ja auch doof. Die mit ihrem Fasching.
Rob: Dort heißt es Fasse-Nacht.
Blümchen: Egal wie, es wird deine Stadt.
LaniFlani: Ich kann es kaum erwarten.

Neuer Beitrag von Rob, 20:13 Uhr:

Ich habe noch immer Striemen auf meinen Schultern.
Sie leuchten rot, sie brennen. Jeden Tag weniger.
Sie wollten mich besiegen. Ich lasse den Schmerz hinter mir.

Rob: Beim nächsten Mal werde ich reimen. Ich will es unbedingt versuchen.
Blümchen: Kommt das direkt nach dem letzten Gedicht mit dem Rucksack? Also damit man versteht, dass daher die Striemen kommen?
Rob: So hatte ich mir das gedacht. Aber stimmt, ohne Kontext versteht man es nicht.
LaniFlani: Oder denkt, es kommt von Schlägen.
Rob: Könnten auch emotionale Schläge sein?
Blümchen: Unbedingt. Was dein Vater da rausgehauen hat, ist schon ein Hammer. Spuren von Schlägen sind ein passendes Bild dafür.
Rob: Stimmt.
LaniFlani: Zerstöre, was dich zerstört.
Rob: Ehrlich gesagt will ich mich erst mal auf mich selbst konzentrieren. Wer ich als freier Mensch bin.
Blümchen: Das klingt sooooo toll <3
Rob: Danke. Es wird Zeit.

Neuer Beitrag von Blümchen, 21:59 Uhr:

Die Sonne steht hoch am Himmel und sie tanzt und singt.
Without a care in the world. Wieso denn auch?
Ela gosta da vida und das reicht ihr endlich
Zu atmen, zu leben, zu sein in dieser bunten, wundervollen Welt.

Rob: Das macht deinem Nickname alle Ehre.
Blümchen: ?
Rob: Naja Blümchen. Die Welt ist toll, sonnig und so weiter.
LaniFlani: Früher hätte ich dich dafür gehasst.
Blümchen: Och :-(wie jetzt?
LaniFlani: Ums Verrecken positiv sein. Aber ich weiß, dass du es gerade wirklich so meinst.
Blümchen: Also kein Hass?
LaniFlani: Nee :-)
Blümchen: OMG ein Emoji von dir!!! Ein historisches Ereignis!! :-D
Rob: Dachte gar nicht, dass du die kennst ;-)
LaniFlani: Von wegen ^-^
Rob: Steffi, ich freu mich sehr für dich. Lass unbedingt weiter die Sonne am Himmel stehen.
Steffi: Danke ihr beiden. Ich verdanke euch mehr, als ihr wisst <3

Ich habe ein neues Leben
angefangen.
Dafür bin ich unendlich
dankbar.
Denn ich bin, anders als früher,
nicht allein.

- LaniFlani

siebzehn

„Da ist sie! Schön, dass du es doch schaffst!"
Layana grinste. „Sorry, war unterwegs."
Steffi riss den Mund auf. „Etwa ein Date?"
„Der aus dem Café?", wollte Robin wissen.
„Ja. Wir haben uns ein paar Mal getroffen."
„Deshalb warst du so selten online in letzter Zeit!", rief Steffi aufgeregt.
„Wir waren alle seltener online in den letzten Wochen", bemerkte Robin. „Und jeder von uns hat gute Gründe."
„Bisher bin ich mit Brian einfach nur gut befreundet und vielleicht bleibt es auch dabei. An ihm liegt es also nicht." Layana war wichtig, das klarzustellen. „Das Semester hat gerade angefangen. Ich habe eine Vorlesung nach der anderen. Mein Leben ist momentan sehr anstrengend."
„Aber du findest deinen Platz", freute sich Steffi.
„Ja, schon." Layana war keine Frau der großen Worte, aber manches musste gesagt werden. „Ohne euch hätte ich mich nicht getraut. Ohne euch hätte ich die letzten Jahre nicht durchgehalten. Ihr wart für mich da, als niemand ande-

res da war. Als ich allein war. Danke."
War da eine Träne in Steffis Augenwinkel?
„Oh Lani, das ist so süß! Von Herzen gerne."
Robin lächelte wissend und Layana räusperte sich. „Und du, Steffi? Du siehst glücklich aus?"
„Oh ja! Ich habe eine Wandergruppe gefunden. Wir gehen jedes Wochenende. Abgenommen habe ich nicht viel, aber ich fühle mich besser durch die Bewegung. Und mein Projekt in der Agentur habe ich auch behalten."
„Wie läufts mit dem Dating?", fragte Robin.
„Ich hatte zwei Dates mit Frauen. Es hat noch nicht gepasst, aber ich bleibe dran."
„Nicht mehr peinlich?", wollte er wissen.
„Aufregend und spannend", führte Steffi aus, „aber sobald wir uns unterhalten, ist es gut. Zu Weihnachten bin ich bei meinen Eltern und da werde ich ihnen sagen, dass ich mich mit Frauen treffe. Dann habe ich es hinter mir."
Robin klatschte in die Hände. „Na also."
„Danke, Robin", sagte Steffi. „Und danke Lani. Ohne dich hätte ich mir das Projekt von Lila Bluse wegnehmen lassen."
„Fehlt nur noch Robin", sagte Layana mit einem Schmunzeln. „Zeig mal dein Zimmer."
Robin stand auf und ließ den Laptop im Zimmer kreisen. „Es sind bloß neun Quadratmeter. Frankfurt ist eine teure Stadt."

„Bist du glücklich?“, fragte Layana
„Schon. Es ist zwar klein, laut und ich brauche eine halbe Stunde zur Uni. Aber wir kochen oft zusammen. Wir liegen auf einer Wellenlänge.“
„Und dein Nebenjob?“
„Ausleihe in der Uni-Bib. Wird anständig bezahlt. Im höheren Semester kann ich dann Übungsgruppenleiter werden, da gibt’s mehr Geld. Aber jetzt konzentriere ich mich erst mal auf meine Vertiefung.“
„Du wirst also wirklich Kinderarzt?“, fragte Layana und war stolz auf ihren Freund.
„Ja.“ Er lächelte. „Es fühlt sich richtig an. Und niemand macht es mir schlecht.“
Sie wusste, dass er an seinen Vater dachte. „Habt ihr gar keinen Kontakt mehr?“
„Momentan nicht. Um meine Mutter tut es mir leid, aber es ist besser so. Hey, ich muss auflegen, Natalie hat ihren Kuchen fertig. Wer als letzter kommt, geht leer aus."
„Dann guten Hunger. Und bis ganz bald.“
Steffis und Robins Gesichter verschwanden von dem Bildschirm. Layana spürte in sich hinein. Nicht, dass sich ihre Probleme in Luft aufgelöst hätten: Es lagen noch viele Herausforderungen vor ihr. Aber jetzt, genau in diesem Moment, war sie vor allem eins:
Glücklich.

SARAH KLEIN

Sarah schreibt schon immer. Früher Fanfictions, heute Kurzgeschichten und Romane. Am liebsten überlässt sie die Bühne ihren Figuren, damit die ihre Geschichten selbst erzählen können.